Do doggies go to Heaven?
¿Los perritos van al cielo?

A story in English and Spanish
Un cuento en inglés y en español

Luz Carime Bersh, Ph. D.

Acknowledgments- Agradecimientos

Special thanks to my friends who supported me and collaborated in this project.

Sinceros agradecimientos a mis amigos quienes me apoyaron y colaboraron en este proyecto.

Editors: Gail Pritchard, Ph.D
       Daniel Sánchez Ojalvo
       Natalia Garcia-Peña Bersh

Book formatting: Mitchell Farmer

Illustrations: Luz Carime Bersh, Ph. D.

In loving memory of:
En memoria de:

Lala Perlita, my little angel dog/ mi perrita angelito.

To my special canine friends, who have touched my life in beautiful and loving ways:
A mis amigos caninos especiales que han tocado mi vida de maneras hermosas y con mucho amor:

Rosie Pink, Goldy, Luna, Milo, Paco, Dalí, Marly, Amy, Kirby, Davi, Bear and Putty.

I remember how we played and had fun in the snow. Oh, how she loved to sled downhill with me! We were terrified, but it was also very exciting! Lala was my true friend, my little 'buddy'; always by my side, sharing my adventures everywhere I would go.

Recuerdo como jugábamos y nos divertíamos en la nieve. ¡Cómo le encantaba deslizarse cuesta abajo en el trineo conmigo! ¡Nos daba mucho miedo pero también era muy emocionante! Lala era mi verdadera amiga, mi compañerita; siempre a mi lado, compartiendo mis aventuras donde quiera que yo fuese.

Lala had been very sick, so we took her to the veterinarian several times. He explained that at age fourteen, Lala was really old and her body was not working well.

Although she took all of her medicines and we took special care of her, her body was getting weaker and she would not get better. Lala was suffering a lot and she was going to die soon. I felt very, very, very sad.

Lala había estado muy enferma, así que la llevamos al veterinario varias veces. Él nos explicó que a los catorce años, Lala estaba muy viejita y su cuerpo ya no funcionaba bien.

Aunque ella tomaba todas sus medicinas y todos cuidábamos de ella de manera especial, su cuerpo se estaba debilitando y ya no se recuperaría. Lala estaba sufriendo mucho e iba a morir pronto. Me sentí muy, muy, muy triste.

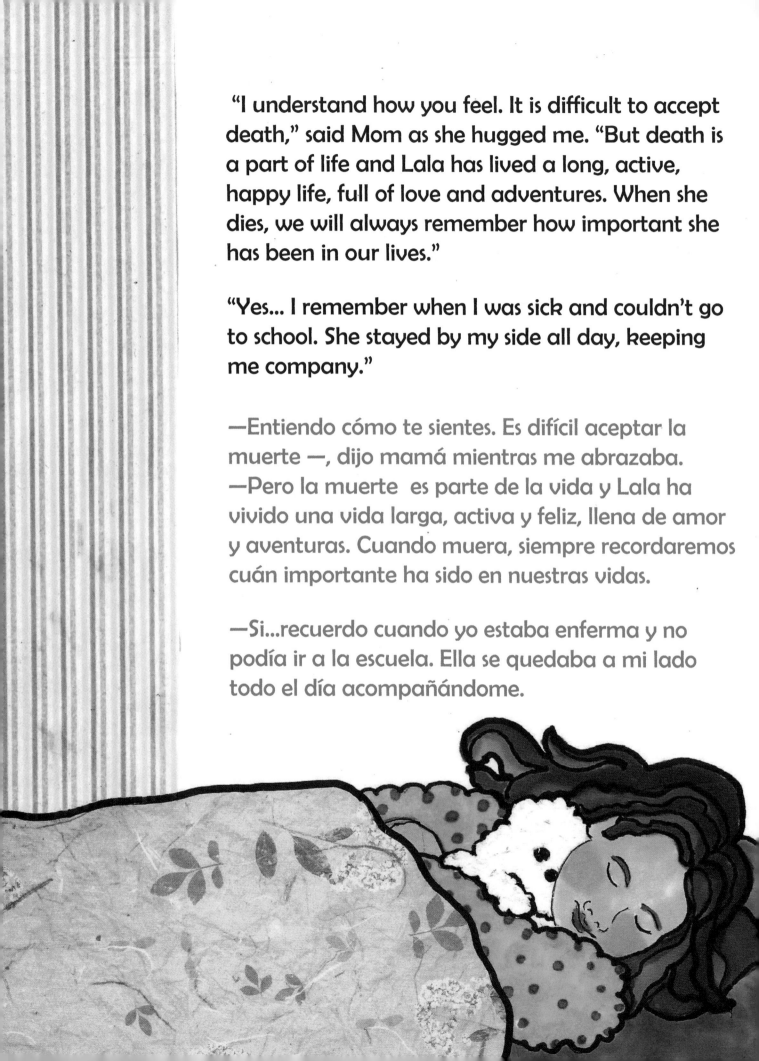

"I understand how you feel. It is difficult to accept death," said Mom as she hugged me. "But death is a part of life and Lala has lived a long, active, happy life, full of love and adventures. When she dies, we will always remember how important she has been in our lives."

"Yes... I remember when I was sick and couldn't go to school. She stayed by my side all day, keeping me company."

—Entiendo cómo te sientes. Es difícil aceptar la muerte —, dijo mamá mientras me abrazaba. —Pero la muerte es parte de la vida y Lala ha vivido una vida larga, activa y feliz, llena de amor y aventuras. Cuando muera, siempre recordaremos cuán importante ha sido en nuestras vidas.

—Si...recuerdo cuando yo estaba enferma y no podía ir a la escuela. Ella se quedaba a mi lado todo el día acompañándome.

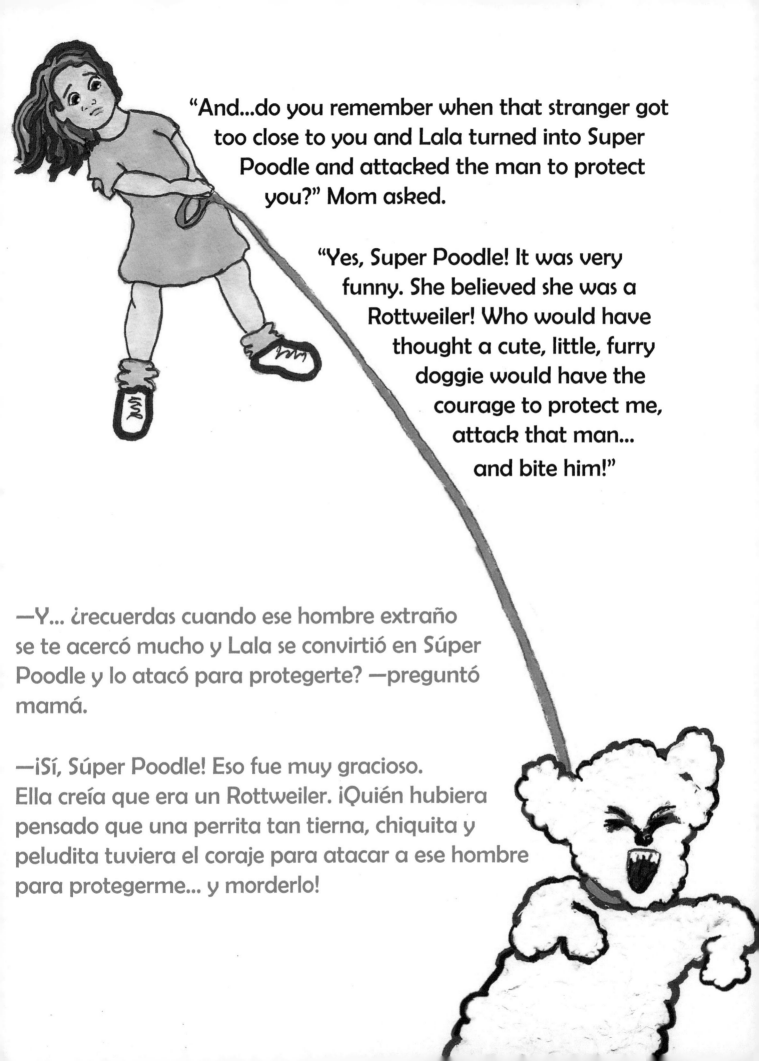

"And...do you remember when that stranger got too close to you and Lala turned into Super Poodle and attacked the man to protect you?" Mom asked.

"Yes, Super Poodle! It was very funny. She believed she was a Rottweiler! Who would have thought a cute, little, furry doggie would have the courage to protect me, attack that man... and bite him!"

—Y... ¿recuerdas cuando ese hombre extraño se te acercó mucho y Lala se convirtió en Súper Poodle y lo atacó para protegerte? —preguntó mamá.

—¡Sí, Súper Poodle! Eso fue muy gracioso. Ella creía que era un Rottweiler. ¡Quién hubiera pensado que una perrita tan tierna, chiquita y peludita tuviera el coraje para atacar a ese hombre para protegerme... y morderlo!

The veterinarian also explained that doggies age much faster than people. While Lala was fourteen in people years, she was about seventy-two in doggie years.

Mom said we could help Lala have a less painful and more peaceful death. We were going to 'put her to sleep' so she wouldn't suffer anymore. This means the vet would give her an injection that would cause her to die quickly and painlessly. This is called **euthanasia**. I learned this word comes from Greek and it means 'good death'.

El veterinario también nos explicó que los perritos envejecen mucho más rápido que las personas. Aunque Lala tenía 14 años humanos, en realidad tenía aproximadamente 72 años caninos.

Mamá dijo que podíamos ayudar a Lala a morir tranquilamente y sin dolor. La íbamos a 'poner a dormir' para que ya no sufriera más. Esto significa que el veterinario le iba a poner una inyección que causaría su muerte rápidamente y sin dolor. Esto se llama **eutanasia**. Aprendí que esta palabra viene del griego y significa 'el buen morir'.

I took Lala's favorite toy, wrapped her in her pink blanket, and carefully carried her out to the car. All the way to the vet, I stroked her fur and told her words that came from my heart. I tried not to cry, but I couldn't help it. Then we arrived.

"It is time," said the vet.

I felt very sad and scared. Even though I knew that stopping Lala's suffering by helping her die peacefully and painlessly was best for her, I still had many questions: Would it really be like going to sleep? What would happen to her after she died?

"Mom, do you think doggies go to Heaven?"

"We don't know, my love. We don't know...but Lala will always be with us in our hearts. Every time we think about her, we will feel all the love we have for her and remember all the joy she gave us."

Tomé el juguete favorito de Lala, la envolví en su cobija rosadita y con mucho cuidado la cargué hasta el carro. Durante el viaje al consultorio del veterinario, la acaricié y le susurré palabras que salían de mi corazón. Traté de no llorar, pero era inevitable. Finalmente, llegamos.

—Ya es hora, —dijo el veterinario.

Me sentí muy triste y asustada. Aunque yo sabía que lo mejor para Lala era parar su sufrimiento y ayudarla a morir tranquilamente, aún tenía muchas preguntas: ¿Sería realmente como dormir? ¿Qué pasaría con ella después de morir?

—Mami, ¿tú crees que los perritos van al cielo?

—No sabemos, mi amor. No lo sabemos...pero Lala siempre estará con nosotros en nuestros corazones. Cada vez que pensemos en ella, sentiremos todo el amor que le tenemos y recordaremos toda la felicidad que nos dio.

"But I don't want her to die, ever!" I cried.

"She needs her pain to end and rest in peace. It is time now. We must be brave and give Lala our support. I believe even though she is asleep, she will feel our love and know we are there with her. Lala has been a true friend; a faithful, loyal, little companion," Mom comforted me.

"Yes, I know she has helped me live a happier life. I think that was her life's main purpose. Now, it is our turn to give her back our love and help her die peacefully and painlessly."

"You are right," said Mom.

I took a deep breath. That helped me accept what we had to do.

—¡Pero yo no quiero que muera nunca! —repliqué.

—Ella necesita dejar de sentir dolor y descansar en paz. Ya es hora. Debemos ser valientes y darle a Lala todo nuestro apoyo. Yo creo que aunque esté dormida, sentirá nuestro amor y sabrá que estamos ahí con ella. Lala ha sido una verdadera amiga; una compañerita fiel y leal, —me consoló mamá.

—Sí, yo sé que ella me ha ayudado a vivir una vida más feliz. Yo creo que ese era el propósito principal de su vida. Ahora es nuestro turno de devolverle nuestro amor y ayudarla a morir en paz y sin dolor.

—Tienes razón, —dijo mamá.

Suspiré profundamente. Esto me ayudó a aceptar lo que debíamos hacer.

Remembering the happy memories with my doggie gave me strength and courage to be by her side and keep her company in her death.

The vet took us to Lala. He had already given her an injection with a sedative, a medicine that relaxed her. This way, she didn't feel any fear or pain. She was sleeping and looked very serene. She was breathing easier, too.

Los recuerdos felices con mi perrita me dieron la fuerza y el valor para estar a su lado y acompañarla en su muerte.

El veterinario nos llevó donde Lala. Ya le había puesto una inyección con un sedante, una medicina para relajarla. De esta manera, Lala no sentía miedo ni dolor. Dormía y se veía muy serena. También estaba respirando con más facilidad.

I gently stroked her and I whispered in her ear how much we loved her and what a wonderful dog she was.

"There will never be any other dog like you; that's what makes you so special and I love you so very, very much. I will never forget you. You are the best dog ever!"

While Mom and I continued to tenderly caress Lala, the vet gave her another injection that caused her heart to stop beating. She stopped breathing immediately and was very still. She died instantly.

The vet placed one hand on Mom's shoulder and the other one on mine. He looked at us with sympathy but also with reassurance.

"You have made the right decision. It was a compassionate way of helping Lala die." The vet also told us we could stay there with Lala's body for a while and then he left the room.

La acaricié suavemente y le susurré al oído cuánto la queríamos y lo maravillosa que era.

—Nunca habrá otro perro como tú; por eso eres tan especial y te quiero mucho, muchísimo. Jamás te olvidaré. ¡Tú eres la mejor perrita del mundo!

Mientras mamá y yo continuábamos acariciándola con ternura, el veterinario le puso otra inyección que causó que su corazón dejara de latir. Inmediatamente dejó de respirar y se quedó muy quieta. Murió instantáneamente.

El veterinario puso su mano sobre el hombro de mamá y la otra sobre el mío. Nos miró con compasión pero también con total convicción.

—Han tomado la mejor decisión. Esta fue una manera bondadosa de ayudar a Lala a morir. —El veterinario también nos dijo que podíamos quedarnos un tiempo con el cuerpo de Lala y luego salió del cuarto.

We moved to the other side of the table where we could see Lala´s little face. Her eyes were closed and she looked very peaceful. She really looked like she was sleeping.

Up until that moment, Mom and I had been very brave but once everything was over, we couldn't hold back our emotions any longer. We hugged each other and cried for a long time. It was a very, very sad moment, but Mom's loving hug was comforting.

When we finally left the vet's office, I looked at Lala for the last time and I told her: "I hope to see you again in Heaven."

Mamá y yo pasamos al otro lado de la mesa para poder ver la carita de Lala. Sus ojos estaban cerrados y se veía muy tranquila. Realmente parecía como si estuviera durmiendo.

Hasta aquel momento, habíamos sido muy valientes pero cuando ya había terminado todo, no pudimos contener más nuestras emociones. Nos abrazamos y lloramos largamente. Fue un momento tristísimo, pero el abrazo amoroso de mamá me consoló.

Cuando finalmente nos fuimos del consultorio del veterinario, miré a Lala por última vez y le dije: —Espero verte de nuevo en el cielo.

Once Mom and I were back home, I wasn't hungry and the only thing I wanted to do was go to the pool. While I floated looking at the sky, I wondered if dogs actually go to Heaven.

Cuando mamá y yo regresamos a casa, no tenía hambre y lo único que quería hacer era ir a la piscina. Mientras flotaba mirando al cielo, me preguntaba si en realidad los perritos van al cielo.

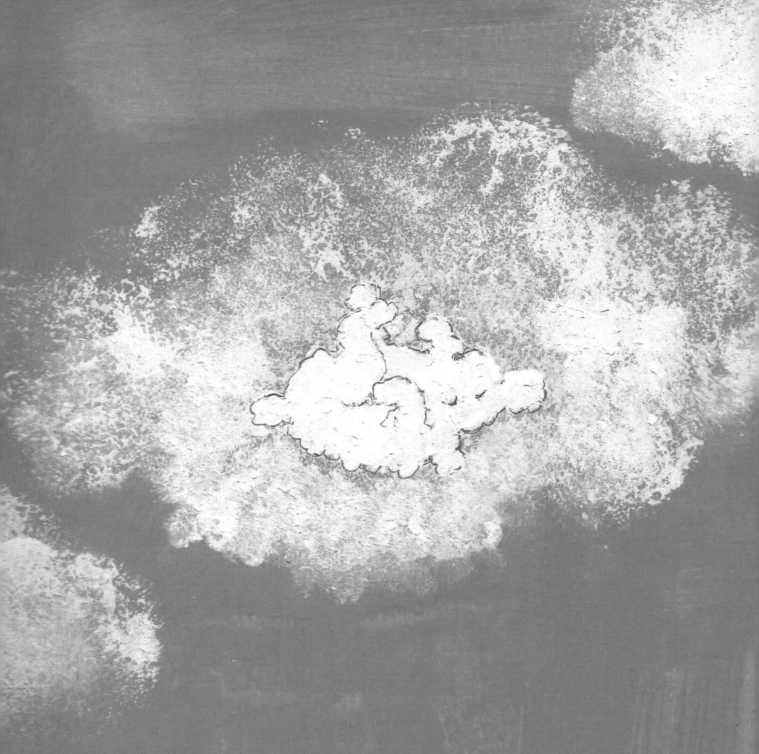

The sky was deep blue. Suddenly a cloud floated right over me. Inside it, I clearly saw the perfect image of Lala playing. Despite my sadness, this made me smile.

El cielo estaba azul intenso y súbitamente una nube flotó justo sobre mí. Dentro de ella, vi claramente la imagen perfecta de Lala jugando. A pesar de mi tristeza, esto me hizo sonreír.

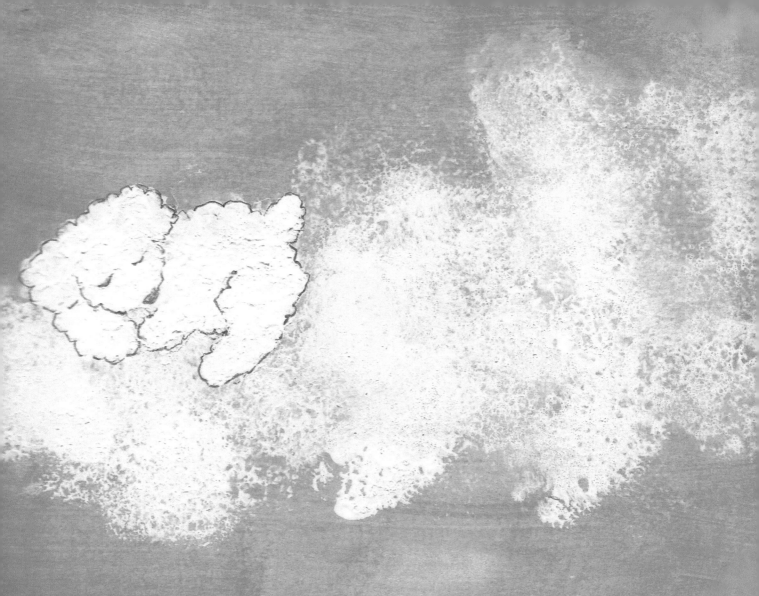

The following day, I was again floating in the pool and another cloud appeared under the blue sky. There was Lala's image resting over it. I felt warmth in my heart because Lala looked like she was peacefully sleeping. I felt some peace, too. Then the cloud and Lala's image faded away.

Al día siguiente, estaba de nuevo flotando en la piscina y otra nube apareció en el cielo azul. Allí estaba la imagen de Lala descansando sobre ella. Sentí un calorcito en mi corazón porque Lala se veía como si estuviera durmiendo tranquilamente. Yo también me sentí tranquila. Después la nube y la imagen de Lala se desvanecieron.

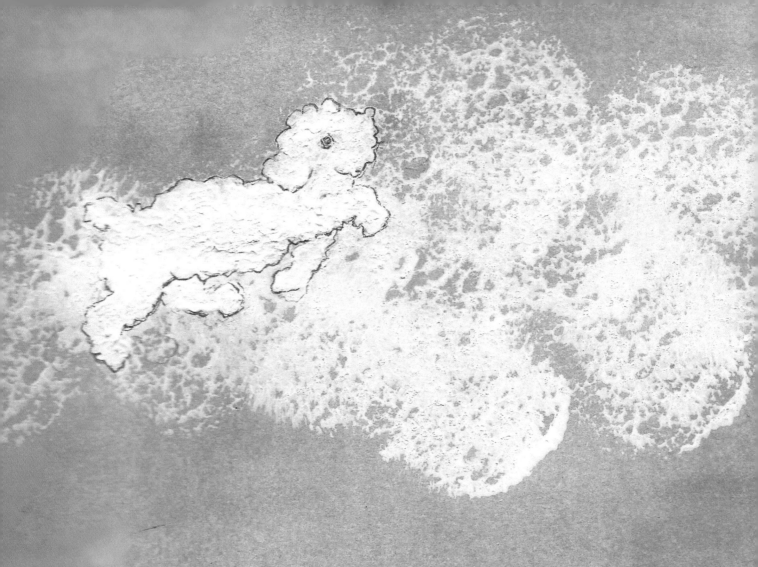

I couldn't believe it! The following day, another cloud brought Lala again. This time she was swimming in the sky. I felt like she was there, swimming with me like she had done so many times. I smiled and my heart felt happy as I saw the cloud drifting away, changing its shape, and Lala fading away along with the cloud.

¡Casi no puedo creerlo! Al día siguiente, otra nube trajo a Lala de nuevo. Esta vez, estaba nadando en el cielo. Yo sentí como si ella estuviera allí, nadando conmigo como lo había hecho tantas veces. Sonreí y mi corazón se sintió feliz mientras vi la nube desvaneciéndose, cambiando de forma, y Lala esfumándose también con la nube.

On the fourth day, I saw Lala's image again inside a cloud. This time she was carrying a huge bone in her mouth. I laughed so hard because every time we went to the pet store, Lala always pulled us to her favorite section: The bone section.

She always picked up the biggest bone; a huge pig's femur, too big for her and so heavy she could hardly hold it. So, we bought her smaller bones instead, better suited for her size.

It was very funny because she didn't want those; she still wanted the really big one!

Now she had the biggest bone of all in her mouth. Her dream had come true! She finally got away with the bone she always wanted and I was so happy for her.

At that moment, I had no more doubts: I knew Lala was in Heaven and she was letting me know. I felt so much joy!

Al cuarto día, vi la imagen de Lala nuevamente dentro de una nube. Esta vez, llevaba un hueso gigantesco en su boca. Casi me muero de risa porque cada vez que íbamos a la tienda de mascotas, Lala siempre nos jalaba hacia su sección favorita: La sección de huesos.

Siempre cogía el hueso más grande de todos; un fémur enorme de cerdo, demasiado grande para ella y tan pesado que casi ni siquiera lo podía cargar. En vez de éste, le comprábamos huesos más pequeños y acordes con su tamaño.

Era muy gracioso porque ella no quería esos. ¡Aún quería el hueso más grande!

Ahora tenía el hueso más grande de todos en su boca. ¡Su sueño se había hecho realidad! Finalmente consiguió el hueso que siempre quiso y me sentí muy feliz por ella.

En ese momento no tuve más dudas: Yo sabía que Lala estaba en el cielo y me lo estaba haciendo saber. ¡Sentí una gran alegría!

Days later, at dusk, suddenly I saw the perfect shape of my beloved Lala with little angels' wings. She was flying high, high in the sky and fading into the darkness of the night, just above the first star. I smiled and waved good-bye.

Días después, al atardecer, vi la forma perfecta de mi adorada Lala con alitas de angelito. Estaba volando alto, alto en el cielo y esfumándose en la oscuridad de la noche, justo sobre la primera estrella. Sonreí y le dije adiós con la mano.

It has already been a year since Lala's death. Mom says time helps us feel better and get over that sadness we feel when we lose someone we love so much, like our pets.

There are days when I still miss my dog very much. I look for her in the sky...maybe I will see her again disguised inside a cloud.

Ya ha pasado un año desde la muerte de Lala. Mamá dice que el tiempo nos ayuda a sentirnos mejor y superar esa tristeza que sentimos cuando perdemos a alguien a quien queremos mucho, como nuestras mascotas.

Hay días en que aún extraño mucho a mi perrita. La busco en el cielo...tal vez la vuelva a ver disfrazada en una nube.

Last week I got a puppy for my birthday; it's a Poodle. She is the color of caramel. We have named her Rosie Pink. She is so cute and from the first moment I saw her, I loved her very much. I think I am ready for another doggie, but I will never forget or stop loving Lala.

La semana pasada, en mi cumpleaños, me regalaron una cachorrita Poodle. Su color es caramelo. La hemos llamado Rosie Pink que significa Rosita Rosada. Es tan tierna y la quise mucho desde el primer momento en que la vi. Creo que estoy lista para tener otra perrita pero nunca olvidaré o dejaré de querer a Lala.

It is like when I read a book that I really like; it is so wonderful I wish it would never end. However, the book always comes to an end but I'm left with the memory of it. In this same way, the wonderful and special memory of Lala will always remain with me.

If your dog has died, too, look for it in the clouds because if the clouds could talk, they would bark. If you pay close attention, you will see so many dogs in Heaven. Your dog, too, is surely resting or playing on a cloud. There is no doubt about it.

Es como cuando leo un libro que me gusta mucho; es tan maravilloso que quisiera que nunca se acabara. Sin embargo, el libro siempre llega a su fin pero quedo con el recuerdo de él. De esta misma manera, el recuerdo maravilloso y especial de Lala siempre permanecerá conmigo.

Si tu perro ha muerto también, búscalo en las nubes porque si las nubes pudieran hablar, ladrarían. Si prestas atención, verás muchos perros en el cielo. Tu perro también seguramente está descansando o jugando sobre una nube. No cabe la menor duda.

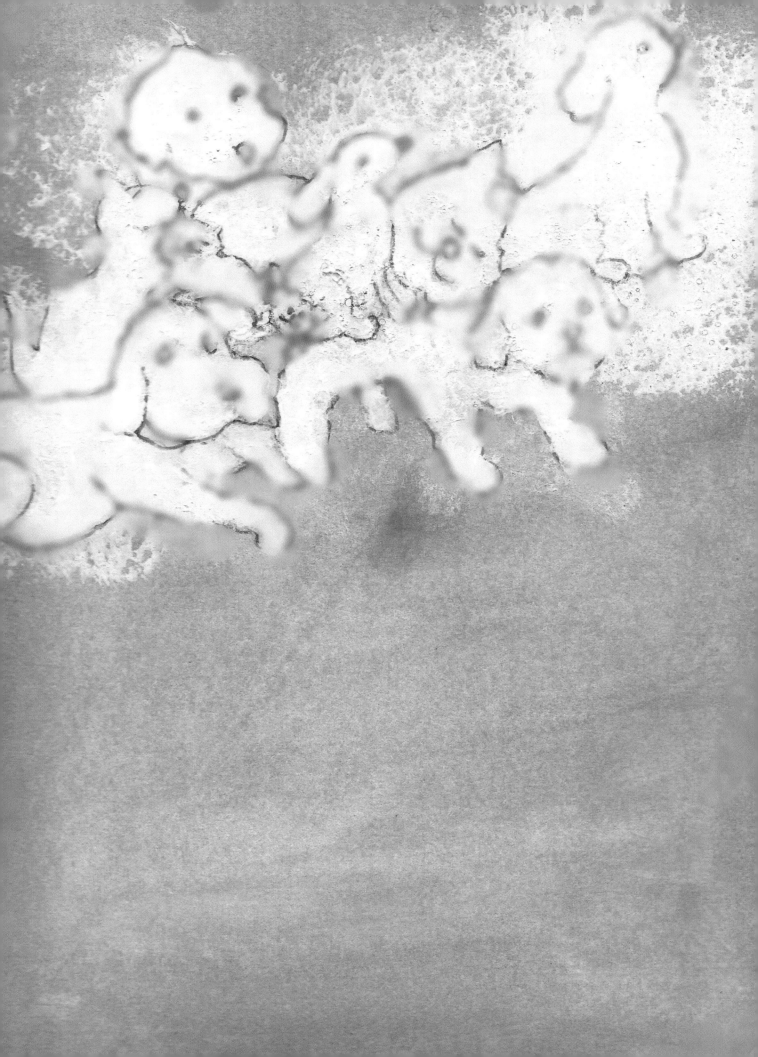

About the Author

Luz Carime Bersh, Colombian - American Educator, holds a Ph.D. degree in Education with an emphasis on Children's Literature. As a creative writer with a Bachelor's degree in Fine Arts, she enjoys writing and illustrating children's books. She also writes about adult issues and takes pleasure in painting about various themes using vibrant colors. She lives with her beloved dog Rosie Pink in Sarasota, Florida. http://www.luzcabersh.com

Acerca de la Autora

Luz Carime Bersh es una profesora colombiana-americana con un título de Ph.D. en Educación con un énfasis en Literatura Infantil. Una escritora creativa con un título de Maestra en Artes Plásticas, disfruta escribiendo e ilustrando cuentos para niños. También escribe acerca de asuntos adultos y se deleita pintando temas diversos utilizando colores fuertes. Vive con Rosie Pink, su perrita adorada, en Sarasota, Florida. http://www.luzcabersh.com

Made in the USA
Charleston, SC
08 December 2014